佐古良男 歌集

念彼猫力（ねんぴにゃんこりき）

念彼猫力*目次

佐古良男歌集

念彼猫力

月よりつづく

日本の歴史を枉げることもなく廃寺の址にわが家の建つ

移りゆく夢のつぎつぎある夜の明石海人なにもかたらず

新しき夏の喪服をあがなはむ死者の連なり月よりつづく

いづこにか似たる星あり詩をおもひ悩み乱るるひともありなむ

阪急の電車のなかのつまどひに「ハア」とかへされはや水晶婚

にょしやうとはことばにすがる詩人なれ杳き約束けして忘れず

脱けいづる寸前もとにもどりたるわが霊なればさやぐ死神

薬師寺の月光菩薩うつくしき奴隷ともみゆ半裸にあれば

夜半に醒め猫かたはらに安寝せりおどろしき夢分かちたまへと

『全歌集』にコーヒーこぼしにじみたり智恵子先生お味はいかが

結氷の夢

ピシピシとわが痩せ骨の焼け崩るる音かとおもふ結氷の夢

鯨墓みすゞの町にひそと立ち夏の死者たちわが伴をせり

整理して残しし写真どれもみな記憶にあらぬ場面なりしが

一文字も書かれぬ日記みつかりぬめくればなぜか涙いでたり

山上の岩になりたく契りける終はりの夏の夕川に入る

ひかり降りきぬ

西方のテロのニュースも驚かず硯の海に秋の陽の落つ

ノアの日にあこがれたれば善き人を演じて長き雨を待ちゐる

次こそは望みの星へ降りるため彗星の尾にしがみつかまし

猫の目は暗がりのなか生きてゐる闇こそ神の坐すべきところ

真ふたつに雲を分かてる風の立ち死者の国からひかり降りきぬ

夕映えを横切る鳥の羽ばたきのきこえくるかに窓辺の秋は

ふいに聞く「別れの曲」にいざなはれ逆回転の時計をみつむ

ノンポリとさげすまれにし杳き日や彼はいまだに革命おもはむ

かの国の滅びの前のかがやきとをののきのこゑ森の奥より

飢餓知らず五十四年を生きてきぬ地球人間保護区の隅に

国家的十字架なりきなにもかも罪を負はされ血を流しけり

しかれども真清水に手を浸すときもがき苦しむ少年の見ゆ

家も名もこの惑星に遺すべきものならなくに朝焼けにたつ

ネット上われひとりなる「佐古良男」どこへも逃げることができない

人道的兵器

冬の野にさくら恋ひをる痩せ男リーマンショックさらさら無縁

四十四歳(しじふし)で世界が終はるはずなりきあれから生きる苦労してゐる

正しきを歩み来してふ自信なしただうつくしき道を選べり

人道的兵器てふものまだしらずつくらばまこと平和賞なる

灰皿に写真を焼くは呪ひなり問ふな誰かは何のためかも

軍隊に護られてゐる軍隊をわれら頼れりオホホホホホ

ややむかし世界相手にいくさせしまぼろし今はをとめのごとし

ユニセフは敵国民に寄付求むやつれやつれし国と男に

醜しと妻にせつかれ髭剃りぬ蘭陵王のつもりでゐしが

良きやつもまとめて除菌されるごとソドム・ゴモラも滅ぼされけむ

ゆめに地球あしたに国を案ずれどゆふべ奥歯の痛みにくよくよ

花の復讐

尖りたる犬歯を医師に削られぬ心にさやるものの始末は

この星は人間保護区さまざまなるサンプルのあり善し悪し問はず

明代の青磁に遊ぶこどもらはゲーム持たねど楽しげならむ

てのひらの皺にすぎねど虚仮の世に神秘十字を信じまつらむ

そのかみの秀才達がだんだんとわが無知界に降りてきてゐる

脳内にいくたび星をほろぼしぬ摘まれし花の復讐のため

薄明のこころは死者のこゑをきき杜の奥よりひかりこぼれぬ

死は恩寵

だれかれが夕焼け雲に浮かびきて今年も多くこの世過ぎにき

こころざし告げむおもひもしをれけり夏至の陽射しに眩暈しにける

それよりは鈴鹿吉野を遠ざかり夏鳥の往く空を見てゐる

まくらもとリズミカルなる雨漏りに死は恩寵とおもへてならず

夢山に登れば足の重くしてわれを導く猫の尾を追ふ

おろか者の結論として絶望を繰り返すうち魂(たま)太りつつ

定型にことば葬るならはしや月盈つるとき亡者列なす

ヴィヴァルディ「秋」の旋律忘れけり河原に焼きし写真のやうに

夜の明けぬ星をあきらめ掲げたる叛旗ぼちぼち降ろしはじめむ

海峡に青き痛みの走れども阿里山の茶は旨かりけるを

奥山の磐座らしきにささやけば人の貪欲あきれはてゐる

怨霊化

鳩どもは何を求めて啼き騒ぐ血圧低き男の朝に

ＪＡＰＡＮ危機やがて世界をかけめぐる神話に短歌みな滅びしと

阿弖流為やフセインなどにおよばねどやや怨霊化しつつわがあり

皇帝になりたいきみとかにかくに増賀ひじりになりたいぼくと

くれなゐの秘儀とおそるる夕映えをあららぎに吊る風鐸ゆるる

高熱にうなされて視るスクリーンは砂漠の中にファミリーマート

窓ゆみる夕日のくだち世のくだち神の摂理のとどこほる秋

やがて妻がおもひで語る通夜の席われはいかなる男であるか

いづこへかゆかむとくろきたましひは地球をおほふ雲とならしも

心の月こころの国を愛(を)しみけり誰にも支配されざるものを

疲れればかならず登る夢の坂たぶれしひとと目指すいただき

わが帰り待ち焦がれたる猫のゐてこのクズ星もまんざらでなし

ちさき狂ちさき猛すらなしえねど滅びの国のせめて証者に

鬼神系面すぐれたる多武峰、怨霊系はひとばかりにて

半月や鋭し

たちあがる力をすでにうしなひて池のおもての半月や鋭し

猫ことばたやすくわかるこのごろは悩みのひとつ相談しけり

あさまだき霊気すがしくすみとほり遠沢水のにほひきたれり

蔑みの言葉書かれしプラカードまなぶべきものかの国にあり

この星に未練なけれどうつくしきおもひでのみをみやげとぞする

春帆楼

栄光の時代もとめて訪ひき赤間関の春帆楼を

「建物は当時の物と違ひます」仲居語りき楼の歴史を

時季はづれなれば河豚なく虎魚づくし妻と胃の無い母と食べたり

清国の全権大使坐りゐし蒔絵の椅子ゆ海峡の見ゆ

欺きて馬関海峡ゆきかへる軍艦(ふね)を見せしか楼の窓より

逃げまどひ慌てふためく全権の通りし跡が李鴻章道

そのかみの雪辱なるか尖閣を軍船二隻うろうろするは

博文は殺されるまで頑張つた春帆楼の夕餉におもふ

墓のデザイン

霞めれば政治家・歌人・漫才師　宝石とゴミ見分けがたしも

雪のなか手をこすりつつ夕映えをよこぎる鳥に見とれてゐたり

たましひははやも桜をまちこがる枝に積もれる雪はらひつつ

冬の杜銀杏大樹はあたたかし胎内佛の隠されてゐむ

ことばにて救はれたりきしかれどもひとをすくひし覚えあらざる

世に挑む気持ちはとうに消え失せて墓のデザイン考へてゐる

盗賊にならむ

盗賊にならむといへば真顔にて何のためにと妻は訊ねき

センセイの詐欺よりましといひかへす盗賊ならば命懸けなる

あたらしき頭目きめる寄合か義賊のふりを皆がしてゐる

真実を枉げられようと声高の異邦人にはゆづる盗賊

隣国の盗賊たちにやさしかり島もあげようカネもあげよう

荒びし夢の

春雨のやまず愁ひの午後過ぎぬ半透明の人も立ち去り

月光がほのかに照らす桜ばな荒びし夢の終着点と

長髪のわが十九歳の写真みて笑ひころげるきみをみてゐる

颯爽と靡かす髪は失へど妻よ桜の君と呼びませ

わが上に猫・妻ゐますヒエラルキー十六年の身分固定化

運悪き帝とおもふ栄光の時なく病みて老いたまひけり

シュメールの王名表に載らざれば御落胤説きえゆくものを

戒めの星の滅びのちかづきてわが弱魂のこそこそといづ

堂々と猫の喧嘩に参戦すかの大国のジャスティスのごと

異次元の日本皇帝名告らむかミドルネームをカエサルとして

くれなゐの塔がなづきの中に建ち悩みのポーズ猫に見られつ

願はくば記録抹殺刑を乞ふ詠み人知らず一首残して

大日本遺民

わが貯めし永久不滅ポイントは人なき星の神となるらむ

きみが世もわが生も果ててそののちのをぐらき星のかがやき待たむ

告げざれば妻は気づかず朝出でしまくろき魔(もの)と戦ひしこと

脳内に響(とよ)むうるさきパーカッションかんかんかんと国を傾く

幾百万ゆきて残りし国なるに正しき歴史かへりみるなし

またいやなセレモニーかな総懺悔、天皇さんから禽けものまで

鎌を見て雑草たちの命乞ひ兵なるわれは耳を鎖せり

肇国はちひさく作り給ひしがをはりの国はよりちひさくて

償ひのわざと時折おもへらく見えぬ格子に囲まれてゐる

このあたり経済大国ありしてふ説明板がやがて立ちなむ

呪詛のこゑ宝石箱に封じたりゆめゆめこれを開けませぬやう

危険詩とだれもよばないむなしさは遺民とならむ覚悟こそすれ

荒魂のしづめがたくて猫に触るうみしまの名が外つくに文字に

ぴくぴく跳ねる

てのひらに月光あびてぬくみたり逝きにしひとの波動を湛へ

すり足で側を歩かう老い猫の安けき午睡さまたげぬやう

落ち蟬のぴくぴく跳ねる八月の六日の午後の川辺を歩く

鋭(と)き舌を持てば無念の歴史(ふみ)にがしニガウリよりも首相のかほより

すぎゆきを孕む夏雲翳りたり死者の面輪にかたち似るとき

アキアカネ敗者の国にふさはしく言問ひくるる風のまにまに

この星も傷み老いつつ絶望すメシア・弥勒を待ちくたびれて

春庭の苦労を知らず異国語を崇める国の病はおもし

つじつまを合はせるために現代の公任卿は駄作を褒める

故郷へは帰らぬと決め幾星霜むれなすあきつ夢にのみみる

ぐるりには光のしづく垂れぬれどわが帆柱は折れてひさしき

かうみえて怒れる時の激しさは信長よりもヤハウェよりも

法師蟬こゑのさやかになる聞けばわが半生は生きいそぎをり

猫カフェ

淡雪は怒りの熱をうばはむと顔に溶けたりてのひらにとく

たましひの進化おくれしひとの住む星とおもひて赦しやりけり

かなしみを必然と識るためにこそこの惑星に生まれたりける

猫カフェが近所にあるといふ歌の作者ともしき引つ越ししたし

人見知りするミミなれば猫カフェへ稼ぎにゆけと言ひかねてをり

猫カフェは天国ならむもうひとつ近くに小さき洋食屋あれ

後朝の別れならねどわが耳を猫の和毛が撫でて去りゆく

つまと猫あさかげのなか安寝せり時とめるかに雪のふりつつ

ネコと桜と

明日にでも死なねばならぬわけもなく桜吹雪の下に立ちをり

ボンネットに桜花びら散りしきて等間隔にネコの足跡

さくらばな風のこころにそひて飛ぶその終着をわが足元と

桜より放たれし気のたちのぼりわがよこしまを抑へてやまず

水影にやつれしわれとさくらばな猫も参じてユートピアなる

痩せ細る言霊

みづからの歌集を焚けば痩せ細る言霊たちが陽炎ひたちぬ

さきの世に桜木たりしおもひでも花にうづもる僧に尽きけり

傷つきし夢のいやはてうすぐらし夕日見送り朝日に目覚む

放たれし悪の想念あえかなる蕾に行く手阻まれにけむ

運命論すてかねてゐる桜どき無垢の命の生まれつつあり

わが夢に入りくる月とさくらばな遠き砲声倒れゆくひと

未来過ぎゆく

誰が折りしドッグイアなる図書館の本のページに明日なきことば

あざやかに国滅ぶかななぐさめの月の叫びを遙かに聞きつ

喋る岩しづけき人を別離（わか）れしめ羊歯に濡れつつ星を仰げる

きのこ雲楕円にゆがむ星おほひ役に立たざる歌碑遺りゐむ

さくらばな双手にうけてつややかな死に顔のちち木陰にたてり

待ちゐしが咲けば切なく春の雨しだれ桜をつたひて落つる

道あまたあれども行くはただひとつ桜のくだる川の土手沿ひ

ゆきくれてさくら流るる川の辺を地球の淵と足を垂れゐる

憎きかな桜花芽を食べし鳥いかなるこゑで吾を楽します

俯せに道に倒れしわが影を桜吹雪が華やぎくるる

わがそびら未来過ぎゆく音のせり星の哀歌を風がうたひつ

鳥も加はる

こころざし立てにし若き日もありき神饌(みけ)たてまつるこのなりはひに

それらしく見せむと鬚をのばしけり妻と猫には好かれざるとも

奥山にわがテノールの祝詞ごゑこだましいつしか鳥も加はる

雪ふればラマ僧たちのかなしみを夏には鎮まりがたき怒りを

嫌ひたる百足なれども本殿に出会へばいのち奪ひかねたり

自裁せしはしき乙女を葬(はふ)りけり神の御許へ魂(たま)安かれと

聖と俗、行きつ戻りつ暮らしをり時には猫を神とあがめて

※ 右七首は「短歌往来」二〇一三年八月号に職業詠として発表。

川底の岩

この世にはあこがるるべき国なくて深山のみどりわれを哀れむ

春の石ふゆのこころをいまだもち荒草刈りて慰めやりぬ

川底の岩に真昼日やはらかにそそぎ常世の入口とみゆ

夕鳥に峰の別れを告ぐるとき怒りの嵩のやや低くなりぬ

倒れ木は杣道ふさぎ拒みけりわがこころをも昏みゆくまで

暗き河

堂内に飛天の笙の鳴りいでて見果てぬ夏の夢のはじまり

暗き河からだの真中流れゐてため息すればゆらぐ花影

毒ガスにのたうちまはる大蛇をあの日のわれと何おもひけむ

ぬけがらをわが目にさらし岩陰にくちなはは消ゆいざなふやうに

異形の鳥

ビルの窓異形の鳥を映しゐておほき羽音が耳元にせり

翻訳をしてはならざる悲しみをこの詩はもてりごしちごしちしち

飛鳥川左岸に遠世の貴人みゆたぶれのふりを彼はしてゐる

前足を重ねて猫はねむりをり国の滅びのときもおそらく

わが声の波動にグラスの水ふるふ初期化できぬかこの水惑星

あたらしき言葉つくらば新しき理想世界のはじまるかいま

忘れゐし若き日の歌よみがへり連子窓より直射(ただ)さす夕陽

氷よりつめたき火もて清めなむ花影ゆらぐこのはらわたを

死者のこゑひさしく途絶え献げたりはるか野末に冥府の花を

帆柱は倒れしままに大洋へいでて早くも父の享年

決して決していまこのわれに「ワルキューレの騎行」を聴かすな爆発すらむ

かくばかり自由尊しいにしへのコンスタンティノープル乱れに乱る

秋雲の行方

ぴくりとも動かぬ塔の風鐸にあかあきつきて風を呼びたり

秋雲の行方を追へばわが道はすでにほろびの貌を持ちをり

一匹の蜂が窓より入りきてグラスビールを吸ひて去りけり

百日紅の枝に小鳥が止まるとき散るはなびらや石段(いしきだ)染めぬ

朝まだき朱きみづうみ渡りゐしゆめを語りぬ枕辺の猫に

若き日の悔いの多きになぐさめの月かげ射せり机のうへに

夕食に秋刀魚を焼けば落ち着かぬ猫にも秋を知られぬるかな

にごり川澄みゆくさまをながめをりわが逆鱗を鎮めるやうに

かなしみをあらはすことばみつからず樹の魂に抱きついてみる

戦列歩兵

星川を往く舟あれば吹き鳴らすかへらぬひとに手向けの笛を

夕空は巣帰りの鳥おほくして敗者に細き道を照らせり

夏の怒りこそのいかりの静まらぬうちに菴羅樹実を落としけり

引き算の短歌なるべし秋の来てそれにも増してわが半生は

川の面をただよふひかり凜として全き星のあるかとおもふ

薫りくる金木犀は中年に少年の夢しばし見せけり

星たちは戦列歩兵の倒れゆくさまに消えけりわが世界より

アルデバラン

雪の哭く朝の斎庭（ゆには）を歩みつつ辛きことばを吐いてみにけり

星の名を問ふひともなく抱きたる猫に語れりアルデバランと

書き遺すべき畜のなくぐるぐると居間を廻れり猫をよけつつ

波の間に花を献げて去りにけむ朝（あした）のわれは疲れたりけり

はばみたる雪の坂道ゆらゆらと陽炎なせりわれもぐにやぐにや

凍る月ぬくき光をとどけたり雪原のなかひとりし立てば

尋めゆけば闇に消え入る青光り形なきもの尊かりけり

その男おのがルーツをほこりゐて旧石器まで遡りませ

ひらめきは歌聖によらず連れ歩く八十枉つ霊(やそまがひ)とその仲間たち

赤き雪われに積もりて鎖されつ全き世界を夢に見れども

夫婦仲くづれかければ分けて入りニャアとし鳴けば念彼猫力(ねんぴにゃんこりき)

降りつづく雪の隠せる二上山(ふたかみ)を二人一猫(ににんいちべう)ながめてゐたり

天翔ることばをもちて海境のげにうつくしき死をみつらむか

揚雲雀かすみの向から見えつれば凍りし夢の枕にとけぬ

椋鳥は冬木に群れて花となし雪辱誓ふ桜をしらず

わが星の進化は遅くたちまちにみな老いけりな横丁のイエスも

暗闇にゐる

再生をうながす風のたちにけり桜老木とわれのぐるりに

後の世に名器となれる桜木のうまれし里に愁ひの春来つ

夕光（ゆふかげ）は塔の相輪かがやかせそのもとわれは暗闇にゐる

西からの風に押されて歩みなばこの世もうたもほろべと聞こゆ

夢嵐去りてしのちのわが湖（うみ）につばさを洗ふ黄鶺鴒みゆ

もとつさくらの国

夕ぐれのあかりを待ちてひと日過ぐひとりし花のことば聴くため

さくら花わたつみなして風に舞ふ捨てかねてゐるこだはりとともに

美の基準、　母にありてふ説おもふ桜吹雪の中に立ちゐて

人訪はぬ奥山ざくら夕されば月はみつらむ花のなげきを

息つめて花のふぶきのしづまりを待てばむかしの君が見えけり

美しきもの見しあとの切なさよ夜半にかなしきショパン聞きをり

負け戦やまとごころをむしばめり桜のもとに西行をらず

チベットのラマ僧のため祈りけりもとつ桜の国に幸あれ

雲を彫り

楽しくてゐまひるゐるとき背を押せりわが後戸の陰鬱神が

躑躅のうへ揚羽うごかずわが押せるシャッター音のピタと止むまで

雲を彫(ゑ)りわが似姿に造りけり何と頑固な貌をしてゐる

鈍色(にびいろ)のちひさき鳥が頭のなかをよぎりしときに詩の芽いでたり

トイレにて梅原猛と列なりぬコンニチハとも言へず去りけり

夢解き

目覚むれば妻に夢解き請ひにけり怒りの剣を捨てしくだりを

遠山のおほ木を揺らすたまゆらの風は遅れてわが薄髪へ

この星もかけらとなりて流れなば異星人たち喜ばすらむ

二上山を見つつ過ごしし二十年さらにその先ふるさとのあり

詩神みし若き日の夢かたりなば猫はきよとんと毛づくろひせり

地の底に響(とよ)める声か古沼のボコッとはじけさざ波たてり

西方の悲劇

後進のわが天体の争ひを宙（そら）よりみれば美（は）しき花火か

鳴き渡るミサイル速しガザの子をなぐさめかねてチャンネル変へつ

西方の悲劇はやまず国境を越す鳥さへも涙湛へむ

原初より涙をすべて溜めをらば破裂すらむかこの水惑星

ゆふぐれを怖れて行けば飛び立てり青鷺われを一瞥ののち

蟻が腕を這ひ上り来て睨みたりお前の親を虐殺せしか

あしもとに風のおこりて夏草のゆらぎはじめつ　歩きはじめむ

不後退防衛線

神の名によりてたたかふいまむかしここは銀河の落ちこぼれ星

歌の傷みこころの破調に苦しめりにがき果実を頰張るやうに

くやしけれわが人生に「誰か居る、鎧を持て」といふ台詞なし

蔑みのこゑのちかしも磐座に右手を置きて茜さすとき

あかときの夢はモザイク蟬時雨あくがれたるは選民の星

魔の山を離れて鳥は休らひぬわれは還らむ磐余の山に

あかね雲に向かひつらなる死者たちの中にわれあり喜びてみゆ

まどゐにはつねに猫ありつまのありここがまことのやまとまほろば

北窓は蟬の宴の盛りなりけふの飲食（おんじき）コンビニ弁当

先々で道草ばかりせしからに古き守護霊あきれ果てゐむ

乙女子がいづこの星ゆ祈りなむ悩める青き星とも知らず

鳥のはね夏の空より揺れ落ちぬわれを励ますたくらみなるか

すいすいと水面(みなも)をあるき向かう岸へ着く直前に目覚めたりけり

山百合の露のしづくを掌にうけて不意に告げらる不後退防衛線(アチソン・ライン)

愛猫誄歌

妻の掌（て）に乗りてわが家へ来しときの汝（なれ）のとまどひ今も忘れず

をさな日に雪見障子を破りてはわれらに見せし夏の銀河を

弱りたるミミの添ひ寝を妻はせし真夜には猫の天使となりぬ

沼空の忌の前日を命日と汝(な)は図りしか忘るなかれと

ヘルペスの痛みに耐へて運転し黙(もだ)して向かふ葬儀場へと

尾の先の細き骨をもつまみあげ壺いつぱいに拾ひけるかな

十八年、子無し夫婦のひとり子の役を演ぜり生涯かけて

ミミなくて窓辺に妻と聴きをればひぐらしのこゑさびしかりける

題詠「集」

ガザン王『集史』編みにき後鳥羽院島に流され歌集編みにき

歌づくり秘儀にあらざり落日を瞳に集めまぼろしを請ふ

ことのはの収集癖を持つひとの怒りエナジーげに怖ろしき

中年の若気の至り三冊のつまらぬ集を世に問ひにしは

ひらけゆく死の花野よりわれを呼ぶ集団のあり　もうすこし待て

妻臥しし白き集中治療室　隣ベッドに天使愁ひて

地球儀を廻せば秋のレクイエム集ひきたれるくれなゐの族

シュッとせし佐川男子の集荷に来(く)、礼いふ妻のキィ上がりたり

未年讃歌

ステンレス浴槽のそこ映りゐる魔羅をがみつつ年の明けぬる

ナオミてふ羊飼ひにぞ導かれ二十年過ぐここはカナンか

還暦を迎へず父はいゆきたりただ一つだけわれはすぐるる

ダヴィデ像その箇所を見て勝ち誇るわれに冷たき目線の妻は

わが歌に傷つくひとのありければ聖人のごと鎮まりゐたり

髪を梳くつまのうなじをしみじみと見つつ愁ひの朝のはじまる

血液は瀬音を高め流れけり美貌のひとが山茶花盗るとき

韓信を気取りをれどもゴキブリの威嚇にしばしたぢろぐわれは

漸くに世に立ち向かふこころざし高まりたれどからだ萎れり

牡牛座が幸運一位の日なりけり国運すでにつまづきあれど

偽りの歴史だらけの世なれども旨きを喰へと誰か言ひけむ

しがみつくすさびの歌に病みて知る痛みのあれば語り継ぐべし

薄氷の下

鯉たちは二月の池の薄氷(うすらひ)の下より見上ぐ震へる男を

わが生(あ)れし戦後十年、祝杯を亡父(ちち)はあげしか兵なりしちち

小社(こやしろ)の屋根の青鷺とびたちぬ荒めるわれを一瞥ののち

三十年みたましづめの歌をよみまだ鎮まらぬ迷ひの子なる

猫霊は妻を慕ふと霊能者つげればわれは孤独なりける

アカウント削除したれば繋がりのたちまちに消ゆ友の百人

地のミルキーウェイ

山吹の小道ゆくとき天上の風の降りきて黄金(こがね)をこぼす

数学は詩と言ひ放つ学者あり桜吹雪を数へつつゐむ

東大寺再建の材納めにし祖先（みおや）にあれどふるさと捨てつ

無理矢理にニコッとすれば飾りゐる翁の面にやたら似てをり

かそかなる月のあかりに浮かびたる山吹の群れ地のミルキーウエイ

妙見を祀る村びと直会に唄乞ひければ「〽七つの星も…」

黒き霊

ほほゑみの伏流なして足もとを去りゆく影は夕陽に呑まる

やすらけき殉葬のありシュメールの宮廷人と乃木希典と

昏みゆく真昼にたどる沢沿ひのたゆたふイデア粒子となりぬ

みなかみの石はゴツゴツしてあれど親しみのあり丸き石より

黒き霊吐き出すやうに今日もまたつまらぬ歌を詠んでしまつた

朝まだき常世の隅をみせられて聴きたきこゑを選びてゐたり

アンニュイを釉薬となし創りにし星かもしれず醒めておもへば

いとやすくこの世の法はひるがへり戴冠式のそばにギロチン

秘色の壺

うたの精癒えざる者につきそへり青葉風吹く沢沿ひの道

若夏の海恋しけれ両の手で秘色(ひそく)の壺を持ち上げたれば

裏庭に虹たつ朝の荒草は輝きてあり殲滅はせず

頭（づ）のなかを流星群のよこぎれり時折はこべ美（は）しき言葉を

恋愛とふ言葉生みにし大明治ゆゑに正しき西野文太郎

知り人のまた点鬼簿に名を連ぬ理想国家を古代に観つつ

狂院にうた詠みしひと恋しけれこの世とあの世入り交じりゐて

夏の皇帝

ガンジーは偉しされども抗ひて見事敗れし国も褒むべき

風立ちて木の葉のさやぎ聴くときに苦しかりけむ夏の皇帝

トルーマンを背負ひ投げせしをみなごはわが日の本の誇りなりけり

現代の平和をいかにみそなはさむ猛女林田民子そのひと

光るかたまり

無い袖は振れぬギリシアのエーゲ海うつくしからむ若き女（め）たちも

ほの暗き水面に鳥の影奔り光るかたまり吐き落としけり

椋鳥の窓辺に来鳴き問ひかけぬ彼岸の花はまだ愛でぬかと

西の方、借金取りに金せびるむかしむかしの栄光の国

われをおほふ暗雲なれどここちよき風のふきをり百合も咲きをり

机上には亡き人たちにたまはりし歌集つまれつ墓石のやうに

ヨシヲ戦記

蚊の羽音かの爆撃機かと怖れけり布団の中の不戦市民は

いづくにか消えゆく鳥のはしきこゑ妻に挽歌のリクエストせり

眼を閉ぢて冥府の海を泳ぎなば晩夏の空に原子雲みゆ

わが戦記、勝利の記憶とほくしてすさびし貌の猫にかも似る

をちかへることは拒まむこの生の修行はすでに後半にして

彼岸より問ひかけあれば手を挙げて「私が悪うございました」と

まなかひを秋蝶よぎり甘き香をのこして去りぬ粒子となりて

山梨の実を求めては奥山へ流されびとの心地しながら

異界へといざなふやうに鶺鴒はわが前をゆくふりかへりつつ

ふるさとを逃れこしにはあらざれど足疵に滲む汀の潮は

天を向き大往生の油蟬その死に様に憧れゐたり

冥き歌ささめくやうに誦しければ遠空の雲みだれたりけり

皇統のただしき裔と友はいふ然らば彼は何者なるか

台風にはがされかかるポスターは秘儀のごとくにぴらぴらとせり

砂を掻く音

ミミ逝きてやつとひととせ経ちにけりまだまだ消えぬ砂を掻く音

POMMEといふフランス語名を妻請へどにあはぬと言ひわれ断りき

賑はへるキャットフードの売り場過ぐここ一年は見向きもせずに

人目にはくづほれ猫と映りしか吾ら夫婦は神と思ひき

猫の子と親子の契り交はししが子が先逝くとなぜ気づかざる

猫の島、猫を祀れる神社ありかのエジプトの神殿もまた

死に場所を母なる妻の枕辺に定めしことをややくやしめり

峰の別れ

この峰で越せる最後の秋ならむ禽獣虫魚みなと別れて

あかあきつ肩に止まりて離れざり白衣(はくえ)のわれに何を求むる

飛ばざれば生きてはゆけぬ鳥たちの不自由ゆゑに羨(とも)しからざり

眼底にうつくしきもの映らざるわれにて虚空(そら)に花をさかさむ

若き日の痛みやうやく癒えにけり言葉をえりて解き放つとき

果てしなく暗き旋律くりかへす歌手の魂けふは嘉せむ

目の前をキラキラこぼれ落つるかな茜の空ゆ返り血のごと

逃れ来し雪

胸奥に異端の神を祀りなば壁の亀裂は大河となれり

星なくて夕べの声のとどかざり窓の隙間ゆ逃れ来し雪

全盛期のデボラ・ヴォイトになる気かと妻に問ひけり悪気なけれど

鞠の精、三神あれど歌の精ことばのなかに隠れたまひき

もう少し生きねばならず生贄とこの世に捧げられにし者よ

滅び行く国を美化しておほひなる神話を創る作業ならむか

冷ゆる夜にふとんの裾ゆもぐりこむミミなくて知る足のさみしさ

あとがき

『念彼猫力（ねんぴにやんこりき）』は、『聖日本樹（おほやまとのき）』につぐ第四歌集にあたります。二〇〇八年の後半から二〇一六年の前半までに発表した作品を収載しました。題名は「観音経」といふ観世音菩薩の功徳が説かれたお経のなかで、繰り返し登場する「念彼観音力」をもじりました。「観音」を「猫」としたのは、十八年以上を一緒に暮らした飼猫のミミ（魅美）がわれわれ夫婦にとつて、ペット以上、家族以上の存在に感じられたからです。古代エジプト人が猫に神秘性をみたのと近い感覚かもしれません。

さて、肝心の作品については、前歌集までにあつた新しい歌を作らうといふ、気負ひのやうなものは薄れ、短歌は自身を鎮魂できれば充分だと思ふやうになつてきました。様々な主題こそあれ、結局はそこへ収斂されます。それは加齢による気力の衰へかもしれませんし、ただ単に短歌への情熱がピークを過ぎただけかもしれません。但し、まだ代表歌といへるほどの歌をもたないので、まだ諦めずに執念深く詠み続けるつもりです。幸ひ退職により、二〇一六年の四月に長年住んだ奈良県桜井市を離れ、京都市に転居したことにより環境が一変しました。日本歌人社の歌会にも参加して、歌友たちから多くの刺激をいただくことが励みになつてゐるので、現在は自らの魂を鼓舞してゐる真つ最中です。

出版に際しては、京都転居記念の意味もあり、地元の出版社である青磁社の永田淳様にお世話になりました。適切なご助言を賜りましたことを感謝します。

二〇一八年十月吉日

佐古　良男

歌集　念彼猫力（ねんぴにゃんこりき）

初版発行日　二〇一八年十一月二十七日
著　者　佐古良男
京都市下京区平屋町四二三―九〇四（〒六〇〇―八一〇九）
定　価　二五〇〇円
発行者　永田　淳
発行所　青磁社
京都市北区上賀茂豊田町四〇―一（〒六〇三―八〇四五）
電話　〇七五―七〇五―二八三八
振替　〇〇九四〇―二―一二四二二四
http://www3.osk.3web.ne.jp/~seijisya/
装　幀　野田和浩
印刷・製本　創栄図書印刷

ISBN978-4-86198-420-4 C0092 ¥2500E